順天府志卷十

名宦

《析津志》書曰：宅朔方曰幽都。幽都，山名也。都者，京也，《禹貢》九州之首，冀州是也。世祖皇帝混一華夏，定鼎於兹。自今宋亡後，迨且百年，故家遺民而入國朝，仕爲美官，樹勛業，貽厥子孫者，班班可見。蓋由天地英爽之氣賦於人，而輔翼元化。是以教化之所被，炳焕垂遠者，豈可不紀述，以詔方來。乃作名宦志。

趙汲古，汲古，自號也。名亨，字吉甫。父仕金朝，官至燕京留守掌判，迄今有呼趙留判。家居城南周橋之西，即祖第也。有園名種德，一時翰苑元老，咸有詩題咏。有齋曰汲古，蓋先生隱居之讀書處也。有三世孫曰由忠，嘗仕三河尹。

王百一，自號慎獨老人，名鶚，世居大明之東明。仕金至翰林學士應奉。至元朝，定宗聞其賢，而召之至，乃授資德大夫，翰林學士。元朝有翰林國史院，公爲開府也。有孫，見居清夷門。有《墓志》，見藝文類門，自刻《百一帖》是也。

楊朝舜，世皇特旨書《大明殿碑》與《翰林

院碑》，餘皆李雪庵所書。居城南，即采亭之父也。

趙江漢，名復，字仁甫。北方經學自公始，有文集行於世。《燕間》，見藝文類。

趙禹卿，先世宋之汴梁人，靖康之亂始徙於燕。禹卿名鼎，奉宣命蔭父職，爲員外郎。雖升斷事府參謀，於城東村有别墅，構亭曰瓠瓜，故人稱曰趙參謀瓠瓜亭。有王鶚記文，王磐叙文。一時大老之什，咸贊德云。

郭彦高，首舉元遺山於本朝參政。

楊采亭，玉田人，號慵齋，字春卿。中統建元之初，辟衛輝勸農撫使，道不行，謝去。至元四年，起與文署丞校讎。得疾，卒於家，年六十四。先生仕我朝，官至奉訓大夫，集賢待制，終於薊州知州。子名述祖，字孝達，號涇溪。循理博學，能詩，今居薊州。

宋子玉，居周橋之西，是其故居，與種園主趙慎獨爲鄰。〔注一〕亦有田園，甚幽邃。薊州楊慵齋有詩題咏之。〔注二〕號海印居士。

元遺山。

〔注一〕此句恐誤。據「趙汲古」條，周橋西住「種德園主趙汲古」，而「慎獨老人」爲王鶚。「種」字下疑脱「德」字。

〔注二〕「慵」，原稿爲「庯」。《析津志輯佚》「慵齋」「庯齋」並存，現據「楊采亭」條統一爲「慵齋」。

王子端，名華，金朝字學稱第一。

王澹游，名萬慶，華之侄。

楊西庵，名果，字正卿。於本朝至元七年，爲參知政事。王鹿庵爲墓志，商左山書。

高僉省，字逢辰，時與龍門中書。當國肇興之際，輔翼助贊，深有力焉。有孫，嘗任飛狐主簿。居白馬神堂之後。

劉便宜，名仲禄。其先馬邑人，天兵南下，建策於上，因而獲寵用。有孫，爲名宦，有祠。在白馬神祠之東，有公之故宅也。

韓雲卿，號漁莊，又號損齋，由都省掾仕至平章政事。乃祖題其詩曰：「一釣西風渭水濱，一辭東漢富江春。大賢出處吾何敢，不作仕途僥倖人。」又：「湖海誰能量淺深，名雖廊廟迹山林。鶴書驚破漁莊夢，白石清泉識此心。」

高正卿，國朝至元七年，由中書省掾仕至宣尉使。子文本。

劉仲簡，字居敬，大興人。師於王澹游，曾寄詩云：「别後輕肥入仕途，雲無過雁水無魚。英雄不在一夫劍，富貴雖勤萬卷書。私事豈妨公事畢，交情莫學世情疏。寒窗已下陳蕃榻，文旆何時至敝廬。」

史秉直，武清人。當國朝草創之時，集議出仕。今爲真定人。仕宦者甚多，天倪、天安、天澤、杜格者，皆子孫也。

關一齋，字漢卿，燕人。生而倜儻，博學能文。滑稽多智，蘊籍風流，爲一時之冠。是時，文翰晦盲，不能獨振，淹於辭章者久矣。

劉正臣，名貞，仕至翰林學士。有子名肅，承蔭纍官至中順大夫，廣平路總管府同知，卒於任。無子，有侄景初，見居燕。

粘合中書，有名合達者，仕至榮禄大夫。金亡歸我朝。我朝以前金故宦之子孫，而纍朝寵任之，以迄於今。有墳在卿園東。

耶律中書令，諱楚材，字晉卿，遼東丹王九世孫，前金丞相文獻公耶履之子。公有祠在南城閣東北。

耶律柳溪，耶律希逸，仕至總管。係七夫人家，仕至御史中丞。號柳溪。

單徒公履，至元二年拜尚書。

申屠大用。

吏部尚書士常，夾谷之系。〔注一〕

羊舌吉甫，先世泰安人，貞祐之亂，避兵至燕。居崇智門。

姚雪齋，字公茂，名樞。仕至翰林大學士。

姜静淵，時人以處士稱。孫仕國朝，官監納。重孫大川，居燕。

盧安，耶律中書薦爲翰林編修。

邸西巖，有孫，見居潭水院東。

程雪樓，西潁川人，諱文海，字鉅夫。入國朝作質，仕至平章。

韓御史，先世禹城人，因亂及此，城南風臺爲之别墅。諸老有詩。

劉詳議，有孫貞，居城南。

廉訪使閑齋崔瑄。

趙子明，有孫，見居敬客坊。

中書參政可與張斯立。

韓曜卿，仕至尚書。子思忠，爲益州尹。

韓秋堂，仲晦之子。孫子叔，見居京中。

宋仲傑，諸色府總管。

〔注一〕「吏部尚書士常，夾谷之系」，校《元史》卷一七四《夾谷之奇傳》作「夾谷之奇，字士常。其先出女真加古部，後論爲夾谷，由馬紀領撒曷水徙家於滕州」。

吏部尚書如圃梁曾。

牛雪軒，無子，有女適高總管。

禮部尚書夢符張孔孫。

劉清甫，有孫，居燕之敬客坊。

行省左丞中齋楊鎮。

劉廷玉，有孫三人，居燕中，與上同作總管。

劉嗣宗，名胤，平江路總管。

平章政事子有張九思。

賈孝祖，字子敬，燕織染總管。

吏部尚書劉好禮。

張壽月，名琪，字廷玉。壽月自號，以八月望日降，故號壽月。有子文禮，承公蔭至内黄尉兵部職官令史。卒無子，居陽春門内。

鄭安卿，燕人。仕御史。少先祖廿歲，爲忘年交，愛其才德也。先祖詩曰：「十年書劍苦窮途，一日高陽説酒徒。桃户曉風歌白雪，糟床春雨滴紅珠。興來休負花前約，醉後從交月下扶。欲挽天池澆宿渴，青旗門外唤人沽。」此乃梁九思集，故云先祖者，皆九思稱其上世也。

張仲和，燕之孝義者。昆仲八人，五世不异居。事親至孝。家有柏溪亭，范陽盧疎齋作亭記，時彦等咸有贊咏。先祖如園有詩：「桃李東城酒一杯，轉頭紅雨掃莓苔。麻衣醉卧溪亭月，不管東風來不來。」

梁暗都，本漢人梁斗南之孫。奉國朝旨，學西域法，因名是。授平章。有孫，見仕，居北城。南城有故宅，在閣西南針條巷内。

池水安先生，隱者也。世居燕之池水里，今爲清夷關，即此地。有子伯康，讀書不替父風，蓋詩禮名家也。

劉仲明，有别墅在新都文明之南。商左山扁曰：野春。一時大老咸有題跋。仲明排序十二，今此城有劉十二角頭是也。

焦景山，字義甫。其先林原本缺徙於燕六百五十年。讀書作詩，有古人句法，甚類陶意味。父明於縱横，雲仙有臺，乃先生之父所傳。無子。

李忠宣公，名德輝，字仲實，通州潞縣人。幼仕世祖潛邸。中統元年，授燕京宣撫使，歷山西宣慰使，太原路總管。至元五年，召爲右三部尚書。八年，拜北京行省參政。十一年，遷安西王相。明年，以王相撫蜀。又明年，拜西川樞密副使。十七年，拜安西行省左丞。命下而薨，年六十二。贈光禄大夫、中書右丞。子頗，嘉議大夫、安西路總管。有子，居通州。

劉仲和，名致，乃五代劉仁恭之雲礽也。有侄繼先，由中書掾授嘉興路推官，升單州知州。兄允道，見居燕中。

李霽峰，燕人，首作《大都賦》。

王蘭軒，名旭，字景初，東平人。作《黄金臺賦》。

宋誠甫，諱本，世爲燕人，住爲美坊。至元二

十年，父爲杭州録事判官，不受，句讀於杭何石崖。大德三年隨父江陵，傳性命義理之學於慎獨先生王奎文昌父，後以補江陵傳學，爲憲使郝采麟文徵所知，將擢爲掾，會父卒，不果。延祐三年，西臺中丞張文忠公希孟薦之省，不果。是時，英宗即位，大都鄉試。至正元年，廷對爲第一，賜進士及第，授承務郎，翰林修撰，知誥，兼國史院編修官。泰定元年，拜監察御史。二年，轉中書左司都事官，奉政大夫。天曆元年，升吏部侍郎，官中憲。明年，改禮部侍郎，官中議。不旬日，又

〔注一〕「墳」字前原稿衍一「子」字，據《析津志輯佚》刪。

拜藝文大監，兼檢校書籍事。三年，改元至順，進奎章閣學士院供奉學士，官亞中。二年，奏爲河東山西廉訪副使，中大夫，改禮部尚書。元統改元，拜陝西行臺治書侍御史，以疾未赴。復以爲奎章閣學士院承旨，仍兼經筵。二年夏，改集賢直學士、太中大夫經筵官，兼國子祭酒。是年十二月二十五日卒，年五十四。墳在宛平縣。〔注一〕

高顯卿，名興，薊州人。至元十二年，從忠武王伐宋，以功最，授懷遠大將軍。後歷中外，爲顯官。大德八年，授樞密副使。十年，河南平章，

官榮祿。皇慶二年薨，贈梁國武定公、太師、上柱國。子德基，貴顯。已上故家，多係有就外傳之時，屢嘗竊聽父師所言，燕籍居之户百四十家。向時亦嘗過其家，雖不能全言，三十年後，或仕宦於外，或貧乏不能存，物故者甚多。姑識此。

陳寧道居士，字時可。

魏秀玉，字邦彥。

李御史，自稱浩然逸老。

吴定庵，名章，字德明。

馮景山，不仕，教授鄉里。

趙景温。

抑庵宋渤。

梁平叔子名秉秀。孫爲名宦。
集賢學士正平周砥。
翰林學士子静閻復。
肎堂王構。
東軒徐世隆。
幸軒李槃。
野齋李磐。
秋澗王惲。
紫微王之綱。
豫章程文海雪樓。

翰林承旨鹿庵王磐。
野莊董文用。
應奉汲郡李穉實。
昭文館學士雪庵溥光。
御史中丞西溪王博文。
太子賓客弘道宋道。
中書參政容齋徐琰。
浙西察使胡紫山祇遹。
中書左丞性齋馬紹。
敕製碑銘薊國貞愍公。不花歐陽陽玄文，巙巙書。

代國忠遂公。(斡赤王構文。)

秦國忠穆公。(斡脱赤元明善文，子昂書。)

薊國安穆公。(曷剌元明善文，郭貫篆書額，劉賡書丹。)

酸齋文靖公。(歐陽玄文。)

董□，恩州人，名□，字□□。爲羊市牙儈。頗游俠好義，士人多折節與之交。仁宗建儲，士論未平，董排雲上仁宗書，大忤上意，收付刑官，已而不加罪。至正間，危公爲御史，疏白其心。上命作傳，頒付史館。

吴清，字伯澄，朔州人。由國子助教，有萬言

策行於世。(有碑，見藝文。)

伯顏，字宗道，蒙古氏，開州人。心傳正學，素有名望。本朝召爲翰林待制，修遼、金、宋三史。〔注一〕還，又召爲江西僉事。還，再三召，不起。至正十九年，遇兵不屈而死。從學者甚衆。有語録。

梁貢父，即天賜夫人之後，天京人。以儒業仕至銀青榮禄大夫，平章政事。名曾，號如圃，又静勝翁。能詩文。(見藝文類。)

王秋澗，名惲。翰林學士承旨，作《義俠

〔注一〕《元史》卷一九〇《伯顏傳》載：「至正四年，以隱士行徵至京師，授翰林待制，預修《金史》。既畢，亂歸。」

行》。見藝文類。

趙閑閑，述《御史箴》。

閻静軒，名復，仕至翰林學士。

劉唯齋，名賡。

張易平章，字仲一。

宋渤，元貞二年集賢學士，字齊彦。

魏青崖中丞，名初，字太初。

焦景山，字義甫。

陳剛中，安南副使，名孚。

陳畸亭參議。

闞彦舉。

馬定齋。

劉無黨。

楊陶然，東平人。

劉京父，渾源人，名祁。

李源道，字仲淵。

張子素，號夢山。

梁抑庵。

劉時齋。

杜止軒，字善夫。

胡祗遹，字紹聞，號紫山。

蓋耘夫，名苗，尚書，謚文獻公。

段成己。

王構，至元十五年翰林學士，字肯堂，號瓠山。

孟攀鱗，至元七年翰林待制。

李庭直，中統甲子春，作《興貞觀記》。

葉李，宋景定甲子，補太學持正齋生員。入國朝，仕至平章。《歐陽元功文集》内叙其本末。見藝文類。

王德潤，大德三年翰林直學士。

王之繼，至元三十年學士。

郭貫，字西野，作篆書爲本朝冠。集賢學士。

高西漢，名鳴。

吕元卿。

陳頤山，集賢大學士。

李鑒。

李敬齋，字仁卿，名治。

李鶴，字用章。

竇向叔。

姚雲。

張疇齋。

李兩山。

張野夫治書。

李自牧，名巨源。

鄭春谷，仕爲翰林應奉。仁宗立英廟爲儲，嘗抗疏，以先皇帝舍嫡傳弟，今宜以先皇之心爲心，意在立明考，不報，去官。江西人。

趙文敏公，名孟頫，字子昂，號松雪道人見藝文類。

龍鱗洲，字仁夫，廬陵人。

姚牧庵，名燧，翰林學士承旨。

吴草廬，名澄，字幼清，翰林學士，謚文正公。

居撫州崇仁縣崇仁鄉。

虞伯生，雍國公裔，名集，號邵庵。汲井齋子，川人。仕至中奉大夫，翰林侍講學士。居撫州崇仁縣。謚文靖公。

李术魯子翬，名翀。仕至翰林學士。居南陽。

王繼學，名士熙，東平人，參政。

趙子敬，名世延，平章，凉國公。

劉致，字時中，湘人。
呂仲實，左丞。
黄縉卿，婺州人。翰林學士，名溍。
歐陽玄，字元功，號圭齋，榮禄大夫，翰林承
旨。又號平心老人。
揭曼碩，名溪斯，豫章豐城人。翰林學士，謚
文安公。
袁伯常，名桷。
姚南楷，名櫰孫。
楊仲弘，名載。
范德機。

張起巖，字夢臣。
黄清老，字子肅。
龔子敬。
白廷玉，名珽，字湛園。
滕玉霄，名斌。
宋梅澗。
蘇伯修，名天爵。
李伯貞。
元明善，字復初。有《清河文集》。

勃、楊炯、駱賓王以文章齊名，天下稱爲四杰。

高崇文，字崇文。其先自渤海徙幽州，七世不异居。唐開元中，再表其閭。崇文性樸重寡言，少籍平盧軍。纍官金吾將軍，遷長武城都知兵馬使。元和初，劉闢以蜀叛，宰相杜黄裳薦其材，詔以崇文爲左神策行營節度使，統屯諸兵以討之。擒闢，檻送京師。（《元一統志》：刻石紀功於山。）進檢校司空，西川節度大使，封南平郡王。

王思同，幽州人也。事後唐。爲人敢勇，善騎射，好學。明宗時，爲匡國軍節度使，徙鎮雄武。居五年，入朝。問以邊事，思同指畫山川，陳其利害。明宗奇之。後爲京兆尹，西京留守。潞王從珂以鳳翔叛，馳檄諸軍，思同執其使送京師。愍帝嘉其忠，以爲西面行營都部署。會諸鎮兵圍鳳翔，破東西關城，與張虔釗爲士卒反兵所攻而走，指揮使楊忠權等入城降，諸鎮兵潰。思同挺身起潼關，爲從珂所執，責曰：「罪可逃乎？」思同曰：「非不知從王而得生，恐終死不能見先帝於地下矣！」從珂愧其言，竟殺之。後漢高祖即位，追贈侍中。

趙普，字則平，幽州人也。性沉厚，有大略。太祖受禪，普以佐命功，授右諫議大夫，樞密直學士。後爲門下侍郎，同中書門下平章事。事無大小，皆決於普。太宗朝，拜司徒侍中，封梁國公。纍遷加中書令。上章告老，拜太師，封魏國公。卒謚忠獻。至道中，封韓王。普爲相日，每朝廷遇一大事，定一大議，纔歸，則亟闔户，自啓篋，取一書讀之，有終日者。後家人開其篋而見之，則《論語》二十篇也。

田重進，幽州人也。宋太祖受禪，爲御馬軍使，積官至刺史，遷静難軍節度使。雍熙中，領兵度飛狐嶺，破遼有功，徙彰信節度，鎮成德，贈侍中。〔注一〕重進樸願。太宗在藩邸時，愛其忠勇，使人遺以酒炙，不受，謂使者曰：「爲我謝晋王，我知有天子爾。」及太宗即位，謂其無私交結，故始終委遇焉。《元一統志》：永興卒年六十有九。

高瓊，世爲燕人。以材勇聞。事宋太宗於潛邸。及帝即位，爲御龍直指揮使，歸義軍節度。真宗立，授殿前都指揮使。及親征幸澶州，獨瓊與寇準意合，遂能成功。後授忠武軍節度。卒贈

〔注一〕原稿牽連并記，多有脱漏。《宋史》卷二六〇《田重進傳》載：「雍熙四年春改彰信節度。淳化三年改真定尹、成德軍節度。至道三年卒，年六十九，贈侍中。」

〔注一〕「均」，校《新元史》卷一四七《薛塔剌海傳》作「鈞」字。

〔注二〕「四」，據《元史》卷二《太宗紀》「五年癸巳正月戊辰」條、卷一二一《速不臺傳》及《金史》卷十八《哀宗紀》「天興二年正月戊辰」條，蒙古破金南京在元太宗五年。

〔注三〕「峪嵕口」，校《新元史》卷一四七《四家奴附傳》作「六月，與宋將夏貴戰於峪溪口」，據改。

〔注四〕「陳日煊」，校《元史》卷一七八《梁曾傳》作「陳日烜」，據改。

侍中，謚曰武烈。

薛塔剌海，燕人也。剛勇有志。初，元太祖引兵至北口，塔剌海帥所部三百餘人來歸。帝命佩金符，爲炮水手元帥，屢有功，進金紫光禄大夫，佩虎符，爲炮水手軍民諸色人匠都元帥，便宜行事。從征回回、河西、欽察諸部，俱以炮立功。太宗三年，睿宗引兵自洛陽渡河，塔剌海由隴右假道金、商，遂會師於均州三峰山，〔注一〕敗金師。四年，〔注二〕破南京及唐、鄧、均、許州，取鄢陵、扶溝。四月卒。子奪失剌襲爲都元帥，早卒。孫四

家奴，四家奴年十六，請從軍自效，世祖壯而許之。後襲父爵。襄、樊未下，四家奴立炮攻下之。繼從丞相伯顔南伐，自鄭州下沿海諸城堡，授武節將軍。與宋將夏貴戰於峪溪口，奪其船二百餘艘。〔注三〕取揚州、蘇州，進階懷遠將軍，將兵平浙東諸郡。從征福建，與宋兵力戰，破之，獲船千餘艘，進鎮國將軍。

梁曾，字貢父，燕人。少好學，日記書數千言。纍官知南陽府。至元十七年，朝廷以安南世子陳日烜不就徵，〔注四〕選曾使其國，進兵部尚書，

東宮，命入宿衛，積官至禮部尚書，宣徽副使。大德十一年，山東諸郡饑，詔鼎往賑之。朝廷議發米四萬石，鈔折米一萬石，鼎謂同使者曰：「民得鈔將何從易米？」同使者曰：「朝議也定，恐不可復得。」鼎曰：「人命豈不重於米耶？」言於朝，卒從所請。至大元年，改正奉大夫、保定路總管。時皇太后欲幸五臺，言者請開保定西五迴嶺以取捷徑，遣使即鼎，使視地形，計工費。鼎言：「荒山斗入，人迹久絶，〔注一〕非乘輿所宜往。」還報，太后寢其役。三年，召授資善大夫、同知中政院事。兩浙財賦隷中政者萬計，往者率多取其贏，鼎治之，一無私焉。浙有兩富豪曰朱、張，多貸與民錢。及兩家誅没，而券之已償者，亦入於官，唯驗券徵理，民不能堪。鼎力辨白，〔注二〕免之。卒贈榮禄大夫、平章政事、柱國，追封薊國公，謚孝敏。

宋本，字誠夫，世爲燕人。幼聰悟。侍父。仕江南，受業於江陵王奎，得聞濂洛之學。及父卒，家厄於貧，久之始克北歸。禮部尚書張希孟見其文而奇之。延祐庚申，魁大都鄉貢。至治

〔注一〕「人」，原稿爲「入」，據《元史》卷一七一《吴鼎傳》改。

〔注二〕「辨」，原稿爲「爲」，據《元史》卷一七一《吴鼎傳》改。

初，廷對第一，賜進士及第，授翰林修撰，階承務郎，豫修《仁宗實録》。泰定改元，拜監察御史，上疏言：「逆賊帖失等雖伏誅，其黨猶未盡加罪，太廟失仁宗神主，乞重罰應捕者，及太常禮儀院官。」「中書宰執，視事不常，乞戒臣僚，自非入直及宿衛，須今日聚公府，以決庶政。」俱未報。改國子監丞。時晋王初立，從北來者，多獷猂豪横，或剽掠殺人。事覺，右相旭滅傑奏釋之。戍北邊軍使，寓京邸，至白日奪入朱尚醫妻女，而丞相庇之，置不問。會有風烈、地震之變，有旨集百官議弭灾之道，公卿枚舉細事以應詔，本獨復申爲御史時所言者，且及朱尚醫之寃，刑政失度，灾异之見，職此之由。未幾，升兵部員外郎，出典福建，銓一年，轉中書左司都事。數與權臣倒剌沙、烏伯都剌議事不合，以疾不出。四年春，會試，起爲考試官，改禮部郎中，上文獻事宜七條。天曆初，升吏部侍郎。二年秋當大比，而禮部缺官，命攝禮部事。閲月，授禮部侍郎。至順改元，再轉爲奎章閣學士院供奉學士，預修《經世大典》。二年，拜禮部尚書，尋兼經筵官。元統初，拜陝西道行御史臺治書侍御史，以疾未行，復留爲奎章閣學士院承制學士，兼經筵，月三進講。二年，改集賢直學士、〔注一〕太中大夫，兼國子祭酒。卒謚正獻。

弟褧，字顯夫。幼從兄本師事王奎。及北歸，聲名藉甚，若二陸之入洛也。泰定初，舉進士。善爲詩文，其詩精深幽雅而長於諷諭，其文温潤而完潔，自成一家之言。歷官至翰林直學士。

忠節

《圖經志書》：丁好禮，字敬可，真定蠡州人。精律算，初試吏於户部，尋辟中書掾，授户部主事。歷官京畿漕運使，建議置司於通州，重講究漕運利病，著爲成法，人皆便之。除户部尚書。時國家多故，財用空乏，好禮能撙節浮費，國家用度，賴之以給。至正二十年，拜中書參知政事。會京師大饑，天壽節，廟堂欲用故事大讌會，好禮言：「今民父子有相食者，君臣當修省，以弭大患，讌會宜減常度。」不聽。乞謝事，乃以集賢大學士致仕，家居。有事軍中，輸山東粟以遺朝貴

〔注一〕「直」，原稿脱，據《元史》卷一七一《宋本傳》補。

國史院都事，爲太子司經。聞大兵至，謂家人曰：「吾始祖海藍伯封河東公者，與元太祖同事王可汗，太祖取王可汗，收諸部落，吾祖引數十騎馳西北方，太祖使人追問之，曰：『昔者與皇帝同事王可汗，王可汗今已滅，欲爲之報仇，則帝乃天命；欲改事帝，則吾心有所不忍，故避之於遠地，以没吾生耳。』此吾祖之言也。且吾祖生朔漠，其言尚如此，今吾生長中原，讀書國學，而可不知大義乎！況上世受國厚恩，至吾又食禄，今其國破，尚忍見之！與其苟生，不如死。」遂赴井死。

陳祖仁，字子山，汴人也。其父安國，仕爲常州晋陵尹。祖仁早從師南方，有文名。至正初，登進士甲科，授翰林修撰、同知制誥，兼國史院編修官。歷監察御史、翰林侍講學士，除參議中書省事。二十年，順帝欲修上都宮闕，祖仁上疏諫止，帝嘉納之。時朝政多紊，天下亂已甚。祖仁性剛直，遇事敢言，與時宰論議數不合。纍上疏切諫，皆不報。尋遷太常禮儀院使。二十八年秋，大兵進壓近郊，順帝命祖仁及王遜志等載太廟神主，從皇太子北行。祖仁等乃奏曰：「天子有事出，則載主以行，從皇太子，非禮也。」帝然之，還守太廟以俟命。俄而順帝北奔，祖仁守神主，不果從。及京城破，爲亂軍所害。祖仁一目眇，貌寢，身短瘠，而語音清亮，議論偉然，負氣剛正，似不可犯者。其學博而精，自天文、地理、律曆、兵乘、術數、百家之説，皆通其要。爲文簡質，而詩清麗，世多稱傳之。

王遜志，字文敏。以蔭授侍儀司通事舍人，歷官拜監察御史。劾詹事不蘭奚、平章宜童皆逆臣子孫，當屏諸遐裔。除太府少監，出爲江西廉訪副使，召僉太常禮儀院事。京城不守，公卿争出降，遜志獨家居，衣冠而坐。其友中政院判官王翼來曰：「新朝寛大，不惟不死，且仍與官，盍出詣官自言狀。」遜志艴然斥之曰：「君既自不忠，又誘人爲不義耶！」因戒其子曰：「汝謹繼吾宗。」即自投井中死。

趙弘毅，字仁卿，真定晋州人。少好學，家貧無書，傭於巨室，晝則爲役，夜則借書讀之。或閔其志，但使總其事而不役焉。嘗受經於臨川吴

〔注一〕「奏」原稿脱文，據《元史》卷一九六《黄尋傳》補。

〔注一〕授淮南行省照磨，未行，除國子助教，遷太常博士，轉國子博士，升監丞，擢翰林待制，兼國史院編修官。二十八年，京城既破，尋嘆曰：「吾以儒致身，纍蒙國恩，爲胄子師，代言禁林。今縱無我戮，何面目見天下士乎？」遂赴井而死。有詩文傳於世。

孝行

《圖經志書》：宋杞，大都人也。年十九，父卒，擗踴號泣，絶而復蘇，水漿不入口者三日，哀氣傷心，遂成疾。伏卧床榻，猶哭不止，泪盡繼之以血。既葬，疾轉甚。杞有繼母，無他兄弟，度能自起，作書囑其妻楊氏曰：「汝善守志，以事吾父母。」及卒，楊氏遺腹生一男，人以爲孝感天，不絶其嗣云。元泰定三年，旌其門。

劉居敬，大都人。年十歲，繼母郝氏疾，居敬憂之，懇天以求代。狀聞，特褒表之。

貞婦

《圖經志書》：樂羊子妻郭氏，燕人也。隨父行商於江南。〔《元一統志》作河南。〕其父聞羊子有志行，遂以女嫁之。羊子嘗行道，得遺金一餅，還以予妻，妻曰：「妾聞志士不飲盜泉之水，廉者不受嗟來之食，況拾遺求其利，以污其行乎！」羊子遂慚，乃捐金於野。遠尋師學，一年來歸，妻問其故，羊子曰：「久行懷歸，無他异也。」妻乃引刀趨機而言曰：「此織生自蠶繭，成於機杼，一絲而纍，以至於寸，纍寸不已，遂成丈匹。今若斷斯織也，則捐失成功，稽廢時月。夫子積學，當日知其所亡，以就懿德。若中道而歸，何异斷斯機乎？」羊子感其言，復還修業，七年不歸。妻嘗躬養姑。後盜欲有犯妻者，乃先劫其姑，妻聞即仰天而嘆，舉刀刎頸而死。太守聞之，即捕殺盜，賜妻縑帛，以禮葬之，號曰「貞義」。

貴哥，蒙古氏，同知宣政院事羅五十三妻也。元天曆初，五十三得罪，貶海南，籍其家，詔以貴哥賜近侍卯罕。卯罕親率軍騎至其家迎之。貴哥度不能免，令婢僕以飲食延卯罕於廳事，如厩自經死。〔注一〕

觀音奴妻卜顔的斤，蒙古氏，宗王黑閭之女。大都被兵，卜顔的斤謂其夫曰：「我乃國族，且年少，必不容於人，豈惜一死以辱家國乎！」遂自

〔注一〕「厩」，原稿作「厠」，據《元史》卷二〇〇《貴哥傳》改。

縊而死。

時張棟妻王氏亦曰：「吾爲狀元妻，義不可辱。」赴井死。其姑哭之慟，亦赴井死。徐猱頭妻岳氏，初兵入都城，岳氏告其夫曰：「我等恐被驅逐，奈何？」其夫曰：「事急，惟有死爾，何避也？」遂火其所居，夫婦自焚死。其母王氏，并二子一女，亦皆抱持赴火而死。

金氏，詳定使四明程徐妻也。一女婿陳嘗舉進士。京城既破，謂其女曰：「汝父出捍城，我三品命婦，汝儒家女，又進士妻，不可受辱。」乃抱二歲子及其女赴井死。

宋謙妻趙氏，兵破大都，趙氏子婦溫氏、高氏，孫婦高氏、徐氏，皆有姿色，合謀曰：「兵且至矣，我等豈可辱身以苟全哉！」趙即自縊死，諸婦四人，諸孫男女六人，皆同時赴井而死。

《元一統志》：慕容惠昭，生於薊縣。以其父僭位，封爲平原公主。年方二十四，嫁段豐。豐以譖死，惠昭寡，將以改適僞壽先公餘熾。惠昭謂侍婢曰：「我聞忠臣不事二主，貞女不更二夫。段氏既遭無辜，已不能同死，豈復有心於再邱處機，登州栖霞人，自號長春子。兒時，有相者謂异日當爲神仙宗伯。年十九，爲全真學於寧海。時重陽王真人自西來，一見，大器之。金宋季世，俱遣使召之，不赴。

歲己卯，元太祖自乃蠻命近臣禮八兒、劉仲禄持詔求之。處機一日忽語其徒，促裝曰：「天使來召我，我當往。」异日，二人者至，處機乃與弟子十八人同往焉。留撫州久之。明年，趣使再至，乃發，經數十國，爲地萬有餘里。歷四載而始達雪山，常馬行深雪中，馬上舉策試之，未及積雪之半。既見，太祖大悅，賜食，設廬帳甚飭。

太祖時方西征，日事攻戰，處機每言欲一天下者，必在乎不嗜殺。及問爲治之方，則對以敬天愛民爲本。問長生久視之道，則告以清心寡欲爲要。太祖深契其言，曰：「此天錫仙翁，以寤朕志也。」命左右書之，且以訓諸子焉。於是錫虎符，副以璽書，不斥其名，惟曰「邱神仙」云。

歲乙酉，熒惑犯尾，其占在燕，處機爲禱之，果退舍。丁亥旱，又爲之禱，期以三日雨，已而亦驗。時爲處機起道宇，有旨賜名長春。六月，浴知者，并書於是，乃作菜志。

白菜、莙蓬、甜菜、蔓青、茼蒿、葫蘆、蘿蔔、紅、白。葫蘆服、黃、白。王瓜、茄、白、紫、青。天青葵、即藿也。赤根、波菜。青瓜、蛇皮瓜。稍瓜、冬瓜、蒲、筍、葱、韭、蒜、莧、瓠、塔兒葱、層葱。回回葱。

右家園種蒔之蔬。

壯菜、即升麻。味最苦最香，甜爲上。蕨菜、甘則味愈佳。解葱、如玉簪葉，味香。一如葱，食之解諸毒。山韭、與園韭同。山薤、與家種同。黃連芽、以水煮過。木蘭芽、湯渫過。芍藥芽、青虹芽、洒花芽、灰條、紫白葉圓者。紫團參、味如山藥，即鷄兒花。槐柳、椿、梨芽、山藥、石縫中生者尤佳。沙參、淺土生。皮袴脚、

葉皺而味甜。馬齒莧、治痔。黃雀花、樀蒜、野蒜，甚廣。榆古路錢、刺榆仁、七擊菜、段木芽、赤子兒、重奴兒、芃科、豆芽、帶三、絡英、唐菰英、山石榆、黃必苗、七月有。養术苗、鶯雀兒、黃花，生英作角兒。人杏、如杏，葉長而大。山蔓青、春不老、即長十八也。甘露、若地蠶也。白皮、味如鼠耳草，香甘，作米食必用之，與粉相使。苦馬里、甜、苦二等，豐州虛内勝勝極多。沙芥、地椒、朔北、上京、西京等處皆有之。山葱、戲馬菜、白菜。

右京南、北、東，西山俱有之，土地所宜。在端午前俱可食，午節後傷生。

茴茴葱、蕁麻林最多，其狀如匾蒜，層疊若水精葱，甚雅，味如葱等。腌藏生食俱佳。高麗菜、如葵菜，葉大而味極

味極佳，脆美無比。苦苗菜、爽頭、生不落樹上，其大者如枇。磨菰、在官山生，其地極冷。懶頭、生檞葉木上。香蕈、官山。沙菌。

右菌之屬。

藥之品

黄精、齋堂村再廣。葳蕤、榆仁、半夏、柴胡、升麻、荊芥、薄荷、當歸、蒼朮、黄芩、地黄、細辛、五味子、山川烏、烏頭、茯苓、茯神、防風、鎖陽、大黄、善化屯甘草。保安善屯產。

草花之品

牡丹、出排林村，南城，千葉白。芍藥、椒山產。桃、鄉桃。拳桃、冬桃、山桃、麥熟桃、鸚哥觜桃、梅、江南本。杏、拳杏。桃杏、小杏、山杏、御黄子、如江西蘇山李，核小，惟黄不紅者味甘。李、似江南小李，紅青。林擒花、紅柰子、似小李，青黎。頻婆、結子最晚，在御黄子陵，大如桃，味佳。櫻桃、含桃大如珠。石榴、海棠、荼蘼、合歡花、在翰林院，夜則葉俱合，名馬纓。棗、龍瓜棗、金絲棗、小菜、胖菜。荷、千葉白蓮。茨秋子、似紅李而味勝。御馬纓、紫荊、石竹、葵花、金盞兒花、金甌菊。山丹、松丹、木香、薔薇、刺薇、粉團、月季、紫菊、金蓮、并上都，雖草屬，皆入畫。雁傳書、紫花與雁無异。芍藥、六月間花，有千葉大紅者。獅頭石竹、與南不同。長十八、白花，紅絲兒，白豆。大雖乾亦不改色，不凋爛。上都田者作人事用。馬藺兒、青、紅、黄、紫色不等。大花菊、翎根。樓子、芍藥、玉簪、葵、千葉葵。望江南。〔注一〕

〔注一〕「葵」「望江南」兩種，原稿置「右乃上京花草之名」後，現據《析津志輯佚》調至此處。

圈、炊飯荆笆、糞筐、門籬笆、屋椽笆、挑菜筐。

右荆條能製諸項器用，〔注一〕都城人廣用之。

柳條簸箕、斗升、井桶、車箕筐、撮米斗、擔水斗。

右以柳條紐編成器，無不稱用。

蒲帽盒、有蓋。蒲合、作韛。蒸餅盒、酒蓋、座團、鞍韉、方座、酒瓮蓋。

右蒲草編成，有雙單之製。

碾、碾房、以牛、馬、驢、騾拽之。每碾必二三匹馬旋磨，日可二十餘石。舊有扇厨，〔注二〕甚不勞力。西山齋堂村有水磨，日夜可碾三十餘石。掮糠則有厨，有上輪連者。旱碾、半邊石糟，如月樣，數人相推，力難而未熟。紡紗碾、其製甚巧，有卧車立輪，大小側輪，日可三五十斤。纑紗碾、俱望東南，多不在人家房屋内。故老傳云：金國替燕，人咸感江南之人。後都人詢問昔時供給，貢賦糧米俱在江南，遂以碾望東南，上朝揖而拜。故名搗碾東南。示不忘昔日供給也。杵臼、多以車頭爲之，或以木梲瘦挽之木爲之。亦有就其石之大小爲之。然都中自以手杵者甚廣，蓋以杵臼，星之燕分地故應之。蒜臼。鐘鼓前及海子橋上多有之，粗惡殊甚。

野蔬之品

落雜菜子、杵米。蒼耳子、可取油。莠子、杵米。稗草子、杵米。芃蒿子、杵米。金喬麥、俗呼羊蹄根，杵面。黄臘子、紫蘇子、作油。仁杏子、杵米。喬麥花葉、乾者杵舂爲末，作餅食之。海藻。庚子年京都人鑿冰而取之，煮以充饑，救人數萬計。

右上家具及野草實。補遺。

瑞獸之品

角端。太祖皇帝行次東印度骨鐵關，侍衛見一獸，鹿形馬尾，緑毛而獨角，能爲人言：汝軍宜回早。上怪問於耶律楚材。〔注三〕公曰：

〔注一〕「能」，《析津志輯佚》作「籠」。

〔注二〕「舊」，原稿爲「就」，據《析津志輯佚》改。

〔注三〕「材」，原稿爲「叔」，據《元史》卷一四六《耶律楚材傳》改。

所需誰可得，夜來丹詔賜元勛。

大學士陳熙山：怒挾天風海外來，修翎如劍斫雲開。翻身陟上千尋起，得雋雄攀一點回。萬里老拳無脱爪，滿韝英氣不凡材。山狖野雉休回首，神物無心到草萊。

劉静軒：扶餘玉爪舊曾聞，青鳥猶沾海氣吞。海上風標有如此，眼中神俊更憐君。平蕪未灑頭鵝血，春水唯開獵騎門。過眼昏鴉莫回首，霜拳高興在層雲。

天鵝，又名駕鵝，大者三五十斤，小者廿餘斤。俗稱金冠玉體乾皂韡是也。每歲，大興縣管南柳中飛放之所。彼中縣官每歲差役鄉民，廣於湖中多種茨菰，以誘之來游食。其湖面甚寬，所種延蔓，天鵝來千萬爲群。俟大駕飛放海青、鴉鶻，所獲甚厚。乃大張筵會以爲慶也，必數宿而返。詳見羽獵門。

秃鶖，能食蝗蟲蛹子，有旨不敢捕食。其形醜惡，來則成群，無蟲蝗多少，悉能食之。而吐出復聚於石上，復食之。其頭如長袋。

鵚老，在空中飛鳴旋繞三二日，必有大風。

形如灰鶴差小。

地鶬，與天鵝同類，但項短而赤。黑花毛，甚肥，或十斤之上者有之。味與鵝相儕，細膩，香，味美。

地鶇，似雉，身黑圈，黄白毛，眼邊紅，臉緑，嗉赤，背項黄白花。尾可長四五尺。裝簇馬首尾者是也。與雉尾同長而可觀爾。故曰尾短曰雉，尾長曰辛鷄，然亦雉類。白雉即白鷴也。

朱鷺，紅觜紅頭。飛起見翅下淡紅，俗呼曰黄鴨，與白鷺等爾。構巢於矮樹之上，不甚畏人。

西山廣多。

鉤觜鷺鷀、香匙觜鷺鷀，此朔地有之。余嘗觀見其飛喙，故書。

山鷄，遼東人養，方纔十日即趕令入山。但候九十月間，即自山捕而歸，一一紐死，帶毛鷄入京中貨之。其色黑，味與家鷄同。

鶡鷄，本出真定。九月拔毛，一歲三次拔之，蓋欲爲罟罟上簪帶也。其本出蔚州五臺山。毛之高者非三五定不得。其高者貴重如此，尊儀表也。

花頭鴨與江南者，蓋多來海子内。與太液池中水鴨萬萬爲群。丙申年，[注一]京南白溝等處食盡田苗，稼將欲成熟，遭此厄難，官糧大減，雖申朝廷，物害如故。

雉鷄、錦扎、鷓鴣、赤眼鸛、喜鵲、烏鴉、白頸鴉、班鳩、翠禽、山鷓、山和尚、早種穀、拖白練、樂官頭、杜鵑、黑翼、胭脂鷄、青灰弗、黄灰弗、啄木、絆鷓、鶺鴒、山雉、拖紅練。

以上在處通有，故記其名。

角鷄，味清潔而美，其毛尖而有紋，堪畫。

石鷄、小鷄，黑色味美，二者西山有之。

章鷄，黄毛黑緣，尾長四五尺，若野雉尾，今之簇馬繫於尾者。

銀、青二鼠賦，除靼靼田地有。通事問征賦，乃約以明年某月某日，到來此山中林間相會，隨所出産將來。若至期日不突，則以青鼠、銀鼠皮諸色皮貨，不以遠近深淺，悉於此日來納。若此日不至，則以其所納税賦之物附挂於樹枝上，曰你不至誠我至誠，有言説而去。

苦察羊、牛、馬、無頭有身。海馬、海驢、脱落不花，皆

〔注一〕「年」，原稿重文，據《析津志輯佚》刪。

賦也。哈八魚，高麗等處貢賦，大則以三車載之。猶爲此未盡，此進上之魚，以祀太廟。

异土産貢

野駱駝，即安荅海，形似騾，毛色淡黄黑，野馬川最廣。彼中人多設陷阱，伺其成群來飲水時，逐入阱中。如獲之，故有野駱駝官在西北上，其地水少故也，無非沙漠。

白花鹿，直西北上來則成群，人設罔罟，取者養於家，以取奶，名曰鹿奶子。鹿之性最喜飲陰人小便，專俟有遺者，則忘命飲之，此其受禽之愚也。

樹奶子，直北朔漠大山澤中，多以樺皮樹高可七八尺者，匊而作斗柄稍。至次年正二月間，却以銅鐵小管子插入皮中作癭瘤處，其汁自下，以瓦桶收之，蓋覆埋於土中，經久不壞。其味辛稠可愛，是中居人代酒，仍能飽人。此樹取後多枯瘁。

葡萄酒，出火州窮邊極陲之地。醖之時，取葡萄帶青者，其醖也，在三五間磚石甃砌乾净地上，作甆甕缺嵌入地中，欲其低凹以聚，其瓮可容

〔注一〕「使」，原稿爲「便」，據《析津志輯佚》改。

數石者。然後取青葡萄，不以數計，堆積如山，鋪開，用人以足揉踐之使平，〔注一〕却以大木壓之，覆以羊皮并氈毯之類，欲其重厚，別無麯蘖。壓後出閉其門，十日半月後窺見原壓低下，此其驗也。方入室，衆力摒下氈木，搬開而觀，則酒已盈瓮矣。乃取其清者入別瓮貯之，此謂之頭酒。復以足躡平葡萄滓，仍如其法蓋覆，閉户而去。又數日，如前法取酒。窨之如此者有三次，故有頭酒、二酒、三酒之類。直似其消盡，却以其滓逐旋澄之清爲度。上等酒，一二杯可醉人數日。復有取此酒燒作哈刺吉，尤毒人。

棗酒，京南真定爲之，仍用些少麯蘖，燒作哈刺吉，微烟氣甚甘，能飽人。

椹子酒，微黑色，京南真定等處咸有之。大熱有毒，飲之後能令人腹内飽滿。若口、齒、唇、舌，久則皆黧。軍中皆食之，以作糇糧，乾者可以致遠。

靈异

《圖經志書》：笪却日盧文進，字大用，幽州范陽人。初爲劉守光騎將。降唐，莊宗拜壽州刺史。與莊宗弟存矩有隙，遂奔契丹。明宗即位，文進率數萬歸於唐，纍官加上將軍。至晉高祖與契丹約爲父子，文進懼，不自安。天福元年冬，送款於李昪，昪遣兵迎之，以文進爲天威統軍、宣潤節度使。後加左衛上將軍。嘗云「在契丹中屢入絶塞，正晝方獵，忽天色晦黑，衆星粲然。問番人云所謂笪却日也，以爲常。頃之乃明，方午也」。又云「嘗於無定河見人脛骨一條，大如柱，長可七尺」。

順天府志卷十終

順天府志卷十一

宛平縣

建置沿革

洪武宛平縣《圖經志書》：本漢舊薊縣之西界地也。晋屬燕國。慕容雋據燕，都此。後魏道武置營州，仍於薊立燕郡，於郡置幽州以領屬縣。隋開皇三年，郡革復屬州。唐武德元年，改幽州總管府爲大都督府。開元十二年，改幽州爲范陽郡。乾元元年，復爲幽州。建中二年，奏分薊縣爲廣寧縣，後省，立幽都縣，仍與薊爲幽州屬縣。石晋因之。後割以賂遼。會同元年，升幽州爲南京，幽都府仍以幽都縣領郭下，西界與薊縣分治焉。統和二十二年，改幽都府爲析津府。開泰二年，更號燕京，始更薊縣爲析津，幽都爲宛平，蓋取《釋名》云：燕，宛也，宛宛然以平之意。金初因之。後割以歸宋，未幾復没於金。貞元元年，徙都，更析津府爲大興府，後并改析津縣爲大興縣，惟宛平仍舊名。入元，改大興府爲中都路。至元四年，始遷都於中都路之東北，改爲大都路，而宛平、大興仍隸倚郭。洪武元年八月克復，改大都路爲北平府，而宛平縣仍分理府城之西界云。

《大明清類天文分野之書》：漢爲薊縣。晋屬燕國，後爲慕容雋據，都於此。隋置遼西，治營州。唐武德二年改爲燕州。天寶元年改爲歸德郡，建中二年爲廣寧縣。後朱滔罷燕州，立幽都縣。五代石晋割地賂遼。遼改幽都府，領幽都縣。統和二十二年，改爲宛平。金得之，割以遺宋。宋復爲金所有，仍爲宛平。元爲赤縣，屬大都路。國朝屬北平府倚郭縣。

《元一統志》：本幽都縣，舊薊縣西界地。漢爲薊縣，晋屬燕國，慕容雋據燕，都此。隋煬帝八年，爲置遼西郡，治營州東一百里汝羅古城。後又寄治營州。唐武德二年，改遼西郡爲燕州。六年，自營州徙治於幽州。開元二十五年，又徙治於幽都北桃谷山。至天寶元年，改爲歸德郡。建中十二年，黜陟使洪經綸至，幽都節度朱希彩奏爲廣寧縣。後爲朱滔所陷，廢燕州，立幽都縣與薊分治郭下，仍於羅城內廢燕州廨置治。今舊城中尚稱燕州角，是也。石晋割地賂遼，遼改幽平口、石卷口。官監局，局在順承關，洪武六年設置。急遞鋪十，每鋪置烟墩一座。順承關鋪、彰義鋪、義井鋪、盧溝鋪、新店鋪、雙泉鋪、田家莊鋪、黄垡鋪、胡渠鋪、德勝關鋪。申明亭：鳴玉坊、順承關、香山鄉、京西鄉、玉河鄉、永安鄉、孝義鄉、齋堂鄉。養濟院，在城阜財坊。

坊市 見本府。

鄉社

《圖經志書》：孝義鄉、永安鄉、玉河鄉、京西鄉、香山鄉、齋堂鄉，開濟坊社、白紙坊社、清水社、雁翅社、桑峪社、青白口社、王平社。

軍屯

《圖經志書》：彭城衛屯四，孝義鄉二，永安鄉二。永清左衛屯五，玉河鄉二，京西鄉三。大興左衛屯二，香山鄉。

壇場 見本府。

祠廟

《圖經志書》：文廟，在日中坊，海子橋西北。洪武二年，因舊都水監改置。至八年，修理完備。文昌祠，在發祥坊，舊建。唐薛仁貴祠，在崇智關，以門有白石虎一，故俗又呼白虎神廟云。

學校

《圖經志書》：縣學，在日中坊，海子橋西北，洪武三年修蓋。射圃，在縣學後，洪武八年創築分教。學舍，在咸宜坊，洪武八年八月設置。社學一十七，順承關、日中坊、安富坊、太平坊、咸宜坊、積慶坊、時雍坊、發祥坊、阜財坊、豐儲坊、金城坊、玉河鄉、京西鄉、香山鄉、永安鄉、桑峪社、清水社。

風俗

與本府同。

山川

《圖經志書》：香山，在城西北三十里。按舊志云：山陰，峰勢宛若旃檀。金大定間，翰林直學士李晏所撰記略云：西山蒼蒼，上干雲霄。騰擲而東去，重岡叠阜，迴環掩抱。有古道場曰香山，山有大石，狀如香爐。山頂有泉，清潔甘洌，鑿高通絶，下注溪谷。太和間，翰林應奉虞良弼記云：地靈境勝，巋然與竺乾、靈鷲角峙而立，亦號小清涼山。《元一統志》：金大定二十六年，尚書吏部侍郎兼翰林直學士李晏所撰碑有云：天都右界西山蒼蒼，上干雲霄，騰擲而東去，不知其幾千里。穹然而高，窈然而深，回環掩抱，重岡叠阜，風雲奔趨，來朝皇闕，如衆星之拱北辰。中有古道場曰香山，山有大石，狀如香爐。山之麓，萬山繚繞，山頂有泉，出自山腹，清潔甘冽，鑿高通絶，螭口噴流，下注溪谷。又按：金泰和元年，翰林應奉虞良弼有記云：都城之乾隅三十里曰香山，亦號小清涼。

玉泉山，山在城西北三十里。按舊志云：山有三石洞，其一在山之西南，其下有水，深淺莫測；其二皆在山之陽。元初，翰林編修趙著記，其略云：燕城西北三十里有玉泉，自山而出，泓澄百頃，及其放乎長川，渾浩流轉，莫知其涯。山有觀音閣，南有石岩名呂公洞，山頂有芙蓉殿遺址，故老相傳，金章宗嘗避暑於此。《元一統志》：庚子年十二月，編修趙著碑記云：燕城西北三十里有玉泉，泉自山而出，鳴若雜珮，色如素練，泓澄百頃，鑑形萬象，及其放乎長川，渾浩流轉，莫知其涯。西南狼山与燕山等列，領群峰而來，草樹烟霞，風雲月露，朝夕變態無窮。凡來覽者，若歷物外，山有觀音閣，玉泉涌出，有玉泉二字刻於洞門。泉極甘冽，供奉御用。

五華山，山在城西北三十五里。五峰秀峙，宛如列屏。按《五華觀碑記》，金翰林待制朱瀾所撰，其略云：燕城西北有山曰五華，挺秀於玉泉山兩峰之間，山腹有平地，可起道院。大定二十七年落成，命高道宋先生與衆住持爲修煉之所。西北約二三里有泉出焉，引之以渠，直至飛泉亭，東南流不逾尋丈，伏而不見。至山趾，乃復涌出，環之以堤，渺若江湖，此玉泉之源也。

玉蓮池，池在城西北三十五里五華山玉華宮内，舊嘗種蓮，久已荒涸。

足，然覺山寺爲最勝。《元一統志》：宛平縣西三十里。按《大都圖册》：懸崖之上即覺山，有寺，寺西有三泉，翰林修撰、同知制誥黄華、王庭筠子萬慶撰《中都覺山清泠、淓至泉記》有云：都城之西北三十里，近有山曰覺山，北之平坡，東之盧師，三山相距咫尺，鼎足，然覺山寺爲最勝。開窗面山，玉峰瑶林出没有無間。舍利塔前有泉深數丈，其水澄徹而甘，不綆而汲，井邊作石溝，引之於南，下至澗谷。北不十數步有岩，巇嶔最佳，奇峰怪石不可名狀，上蘿薜荔，下懸細溜，冷然如琴聲下注於地。

雙泉山，山在城西四十里。按重修記云：山有二泉，唐時古道場也。東北約二里有黑龍灣，相傳爲神龍之所宅。觀音殿有泉水，乃龍灣潛流之一派也。大青、小青二靈物屢見於此。

仰山，山在城西北七十里，峰巒拱秀，中有平頂如蓮花心。金人嘗建佛刹於上，曰栖隱。按舊記云：山自太行北折而爲燕，復東折而爲碣石。綿亘數千里間，奇峰峭嶺，萬數之中，有仰山者冠出岩壑。旁有峰曰獨秀、曰翠微、曰紫蓋、曰妙高、曰紫微。其亭有曰列翠、曰萬山，及瀟然、妙高、臨源等名。今遺趾有在，〔注一〕寺有金章宗游幸時製詩石刻云。《元一統志》：按舊記有云，有仰山者，嶠崒硉矹，窈窕邃深，冠出岩壑之上，如尊特之坐朝賤幼者，風雨晦明，寒暑凋榮，千態萬狀，莫可得而形容也。山之旁，惟有峰曰獨秀、曰翠微、曰紫蓋、曰妙高、曰紫微。山之寺亭，前後有曰列翠，曰萬山；西有瀟然、妙高；東有回星、臨源。廢趾猶在，寺有金章宗游幸此山，製詩刻石云：參差雲影幾千重，高出雲鬟迥不同。金色界中兜率景，碧蓮花裏梵王宫。鶴驚清露三更月，虎嘯疏林萬壑風。試拂花箋爲摹寫，詩成任適自非工。

石窟崖，崖在城西北一百一十里，山勢嶮峻，高

〔注一〕「有」，《元一統志》卷一《中書省山東西河北之地・大都路・古迹》「廢趾猶在」，疑「有」爲「猶」。

〔注一〕「齋堂村鄉」，原稿互乙，據改。

百餘丈，上有石窟，故名石窟崖。《元一統志》：崖在宛平縣西北路，通本縣齋堂鄉村。〔注一〕

菩薩崖，崖在城西北一百二十里，高數百丈，山腰有棧道百步，昔人鐫石作三大佛像於上，因名菩薩崖。

大寒嶺，嶺在城西一百四十里，高數百餘丈，可通人行，上經絶頂，風勢寒急，因名大寒嶺。

惡風嶺，口在城西一百一十里，通齋堂鄉，高十餘丈，亦作惡風嶺。《元一統志》：在宛平縣西北路，通本縣齋堂鄉村。《析津志》云：在宛平縣西北清水村。

幡竿嶺，嶺在城西北一百八十里，高四十餘丈。

長城嶺，嶺在城西北一百六十五里。

大峪窑山，在城西北七十里，低平無險。

西湖山，在城西二百五十里，高五十餘丈。

百花山，在城西二百六十里。其山險峻，高二十里，山頂有龍潭，上多花木，因名百花山。

燕家莊口，在城西北二百四十里。

桑乾河，舊名灅河，今俗呼渾河，又名盧溝，一名小黃河，以其濁流故也。其源出大同府馬邑縣桑乾山，經太行諸山間，由舊奉聖州二百餘里往。

天門關，在城西二百二十里，南北兩山相對，如門之狀，闊二丈，高數百餘丈，入峪深二十里。

洪水峪，在城西二百二十里，峪狹而嶮，入深一十六里。

西龍門關，在城西二百二十里，南北兩山相對，西崖陡險，高數百丈，形若門然，因名西龍門關。

長城嶺，在城西北一百六十五里。

以上九處舊可通行者，今皆甃石壘閉。都指揮使司俱各撥軍守把。

三汊沿河水口，在城西北二百六十里，東西兩山相對，高一百餘丈，中有渾河，通木筏往來。今都司撥軍盤詰守把。

北石巷峪口，在城西二百二十里，兩壁石崖高數百丈，入深五里置關，口闊二丈，名石巷口。今設巡檢司及官軍守把。

王平山口，在城西一百里，高六十餘丈，路通本縣齋堂鄉。今設巡檢司。

齊家莊，在城西二百二十里，地勢平坦，徑路四達，接奉聖州，近通房山縣。今設巡檢司。

盧溝，在城西南三十里，桑乾河之北，陸路西通關陝，南達江淮。今設巡檢司及官軍守把。

橋梁

《圖經志書》：在城橋梁。見本府。

盧溝石橋，金大定十七年所建。横跨渾河，長二百餘步。其上兩傍皆設石欄，雕琢石獅，形狀奇巧。《元一統志》：在宛平縣西南二十五里。按《圖册》。

木梁石橋九：德勝門外一、和義門外一、平則門外一、順承門外一、舊光泰門一、舊崇智門一、舊清夷門一、高良河二。

古迹

《圖經志書》：金口，口在城西南三十五里東麻峪。金大定十二年，始鑿孟家山口，分引渾河水，以通漕溉之利。二十七年，尚書省奏，孟家山金口閘，下視京城一百四十尺，恐暴漲爲城患，請塞之。元至正二年重興工役，自三家店分水入金口，下至李二寺，通長一百三十里，合入白潞河。及畢工，而水流迅速，岸次橋摧，終不見利，乃復塞焉。《元一統志》：按本路《圖册》即盧溝之東岸，金始開之，曰金口。會盧溝以東流。《析津志》：至正二年二月初八日，也可怯薛第二日，〔注一〕延春閣後宣文閣裏有時分，速古兒赤嶁嶁、雲都赤蠻子等有來，脱脱右丞相、也先帖木兒平章、帖木兒達識平章、阿魯中丞等奏：世祖皇帝時分，太史院使郭守敬言，在前亡金時分，舊城以西，將渾河穿鑿西山爲金口，引水直至舊城，上有西山之利，下乘京畿漕運，直抵城有來。在後河道閉塞了。如今有皇帝洪福裏，將河依舊河身開挑呵，其利極好有。西山所出燒煤、木植、大灰等物，并遞來江南諸物，海運至大都呵，好生得濟有。若水泛漲，河分置，大河可置遠閘麽道，〔注二〕奏呵，奏欲行。其間，世祖皇帝升遐了，不曾挑得這河緣故。俺訪問老人每呵，端的善事麽道有，不知陰陽人每可宜開挑時不可開挑，麽道，説與他每這緣故呵。他回説道，俺太史院司天監一同陰陽源文書内檢看呵，官民便益，并無窒礙有，麽道。衆人盡畫了字，與了文書也。據開與不開，取自聖旨，麽道，奏呵。奉聖旨：我也在前道金口水好生得濟麽道將來。這般意思，好勾當有。如今您休疑惑，委付著好人開挑成就者麽道有，聖旨呵。依著聖旨，如今俺省裏教帖木兒達識平章、許左丞、臺裏教呼魯中丞、宣教院裏喃加八院使、〔注三〕留守司裏章金家訥，工部裏慶喜尚書、也先不花郎中、大都路裏斡勒真達魯花赤、都水監裏諳知水利的人委用，著將金口舊河深開挑，合聚水處濼子，準備闕水使用。挑至舊城，又做兩座閘，將此水挑至大都南五門前第二橋，東南至董村、高麗莊、李二寺，運糧河口。相合看地形從便開挑呵，怎生，奏。開挑這河，必然將百姓每房舍、水碾些小開折毁的，房舍并碾價不斟酌有，這般也賑濟百姓有。如今開挑河道，其間百姓有投作夫者，驗工各人每月與米四斗，每日與二兩鈔。開挑河怎生，奏呵。奉聖旨，那般者。欽依施行。詔旨如是，當月舉行，脱脱親自歸勤，百工備舉，至十月畢竣，命許左丞詣金口，〔注四〕用夫開起所鑄，銅閘版二，水至所挑河道，波漲潺汹，衝崩堤岸，居民徬徨，官爲失措，漫注支岸，卒不可遏，勢如建瓴，河道浮土壅塞，深淺停灘不一，難於舟楫。其居民近於河者，幾不可容。始議下銅閘以遏，則無補事功矣。初挑開，自順承門西南新河，大廢民居房舍、酒肆、茶房，若臺榭墟墓。當疏鑿時，左丞許有壬力諍不從，後竟成。而决金口銅閘水一版，其下如建瓴，水勢衝决，河兩岸俱崩，民庶恐甚，終莫能禦，遂下閘。鄉老云：金口水發源處與通州塔平。又云：與南城昊天寺塔頂平。蓋於金口山一望，則塔心在平，其勢可知矣。《松雲聞見》。

《元一統志》：幡竿嶺，在宛平縣西北淩水村北，去縣一百八十里。通奉聖州。《析津志》：通奉泰州，今保安州。

燕家臺口，口在宛平縣西北清水村，去縣二百三十里，路通奉聖州。

齊家莊口，口在宛平縣西北三百三十里，路通奉聖州奉先縣。奉先改名房山。《析津志》：在宛平縣西北潛水村，奉先改名房山，〔注五〕路通紫荆關。

〔注一〕「第」，原稿爲「等」，據《析津志輯佚·屬縣》改。

〔注二〕「麽」，原稿脱文，據《析津志輯佚·屬縣》補。

〔注三〕「院裏」，原稿互乙，據《析津志輯佚》改。

〔注四〕「許在丞」，原稿作「許右丞」，據《元史》卷一八二《許有壬傳》及前後文改。

〔注五〕「奉先」，原稿作「奉化先」，疑「化」爲衍字，據删。

王平口，口在宛平縣西北路，通本縣齋堂鄉。《析津志》：在宛平縣。西北清水村，有軍人把隘口，路入齋堂鄉，又一小口南路。《析津志》：龍門，門在宛平縣燕家臺天津嶺上，名九山，下有潭，祈雨必應。先於遇先觀居止，次可至潭所。

《圖經志書》：陽鄉故城，城在西南九十里。漢爲陽鄉縣，晉改長鄉，高齊天保七年省入涿郡，遺趾尚存。

閭城，城在西南三十五里。故老相傳，呼爲閭城，而莫知置廢之由。其南門外，舊有二石獸。《元一統志》：遺趾尚存。

古城，城在城西一百八十里。《元一統志》：遺趾尚存，莫究其廢置之由。

玉河城，城在城西南三十五里。故老相傳，金章宗游幸宿頓之所，因立縣曰玉河。今遺址尚存。《元一統志》：按《圖册》，有此城名，今廢置不載。

石經文碑，碑在舊南城白紙坊，乃金舊國子學。今殿堂、門廡皆毁，惟餘石碑二通，上刻《春秋經傳》及《禮記》文，多磨滅不完。《元一統志》：在宛平縣西南二十五里石經山洞内，石上刻經文者二十餘處。

石釋經碑，碑在城西南三十五里山洞内，石板上刻釋教經文者三十餘處。今皆毀踣，惟《般若序品》一存焉。

舊司天臺，臺在舊南城白紙坊，乃元時回回氏占候之所。今土臺遺趾，屹然尚存。《析津志》：内苑司天臺，海子花房、花苑、園，同在五位殿之北。

韓延壽墓，墓在城西二十里。舊有碑，今不存。

乃忠墓，墓在舊城南之西。昔唐太宗東征，見隋煬帝征遼所亡士卒骸骨，惻然憫之，令軍士悉收葬爲一大冢，俗呼爲乃忠墓，或云哀衆墓。

竇禹鈞墓，墓在城西二十里玉河鄉之魯郭村。事見《薊州志》、《元一統志》：竇諫議禹鈞教五子俱至顯官，時人榮之，有詩曰：「燕山竇十郎，教子有義方。靈椿一株老，丹桂五枝芳。」冢在宛平縣西二十里。《大都圖册》云。

寺觀

《圖經志書》：其在城内者，已俱見本府。聖恩寺大悲閣，閣在舊南城中。寺之閣，建自有唐，至遼聖宗開泰間重修，賜名聖恩。金皇統及元之至元間，皆常加葺之。今寺與閣俱毀，惟石塔尚存。

長春宮，宮在舊南城之西北。始建於金，章宗名太極宮，元改曰長春。初，太祖起於北方，聞東萊長春子邱處機道行精至，命馳傳徵之。長春子雅有救世志，與其徒十八人俱至，朝夕訪問，所對皆敬天愛民、去忍止殺、慈孝清静之言，上嘉納之。尋命往長春宮，仍賜虎符以尊顯之。按本府寺觀，前代創建最多，而在宛平者尤盛。自兵燹之餘，無復可考，姑記大而顯者，紀載一二。其餘若香山、玉泉、真應、平坡、覺山、雙泉、栖隱等寺，及玉華、五華道院，俱附見前山川類，茲不重録也。《元一統志》：在舊城，長春演道主教真人邱神仙處機以全真設教，此初基也。舊名太極宮，國朝改曰長春。元貞之始年秋九月七日，皇帝禦香殿，守司徒阿剌渾、撒里、集賢大學士李蘭肹奏言，大長春宮未有碑，曉之詞臣，俾刻金石，制曰可。翰林學士姚燧撰，翰林侍讀學士高凝書。元貞二年夏五月，冲虛體浄凝真大師提點長春宮事李志元立石，遂爲天下偉觀。按舊記，金章宗所建，泰和中有瑞應碑，時官名猶太極也。國朝至正三年九月，履道弘玄太師提點長春宮事王志久立碑，頌長春宮大醮靈應事，有曰：我太祖皇帝受天命起北方，威靈所被，凡漢、唐所不能羈縻者，悉服而臣之。意若曰戡亂以武，武不可黷，黷則厲民，非天意也。乃思以道濟物，祈天承命，聞東萊長春子邱處機道行精至，遣侍臣劉仲禄馳傳徵之。長春雅有救世志，被命即起，與其徒十八人俱至，朝夕訪問，所對皆敬天愛民、去忍止殺、慈孝清静之言。歲甲申，詔往燕京之太極宮。丁亥有旨，改號其宮曰長春。凡道門事，一聽長春處置，仍賜虎符以尊顯之，海内承風，洞天福地，起道場，全真之教大行，列聖相仍，崇奉甚至。又增虛皇壇、白雲觀、道紀齋，會世祖聖德神功文武皇帝益謹天戒，禮百神，走群望，可以爲民祈福者，無不具舉。至元初春三月，作周天大醮於其宮，自庚寅蒇事，壬辰有四鶴翔舞壇上，内一大鶴戛然長鳴，宫中馴鶴皆和之。癸巳拜章，五色雲見，萬目咸瞻。記文乃翰林侍讀學士兼太常卿徐世隆撰，參知政事商挺書。《析津志》：南城故老云：北宫元是女姑主之，後轉爲道官，未知孰是。又云：長春宫水碾，自古金水河流入燕城，即御溝水也。入南葫蘆套，盛雜蓮花，復流轉入周橋。

《元一統志》：烟霞崇道宫，元貞二年四月提點崇道宫事王志寧建碑，集賢學士宋渤撰記。其略曰：歲己卯有詔，召長春真人邱公於東海上，選其徒有道業、通辯之士十有八人與之。濰州昌樂人玄真大師張鵬舉預中邱公。既至，見上，言聖人長生之道，王者化成天下之德，敷奏審明，大稱旨，詔以燕都故太極宮爲長春宮，俾邱公領天下道教事。擢玄真師爲提點。大興府幕長馬從道有居第美俗坊，數見若青衣童子者，馬君曰：「是將爲福地，非吾可居。」乃舉地三十畝以施於師，令起道者舍，爲國家祈禳之館，此烟霞觀之始也。其地居高爽處，土沃泉甘，竹樹茂盛。晨夕之際，佳氣蓊然，望之若在塵外。清和公曰：地勝境新，不可以凡扁稱，當以勝名冠之，用栖四海珮冕之客，乃名曰烟霞。

户口

《圖經志書》：洪武二年，初報户二千九百六十六，口八千一百四十。洪武八年，實在户一萬一千六十三，口四萬八百八十五。

田糧

《圖經志書》：洪武二年，初報民地六十八頃五十七畝五分七厘五毫，每畝起科，夏税地正麥五升，秋糧正米五升。洪武八年，實在地二千二百七十頃三十八畝七分一毫四絲一忽五微，官地三十九頃七十八畝三分六厘三毫五絲八忽，每畝起科，夏稅地正麥一斗，秋糧地正米一斗；民地二千二百三十頃六十畝三分三厘七毫八絲三忽五微，每畝起科，夏稅地正麥五升，秋糧地正米五升。已起科地一千二百七十四頃一十九畝五分五厘四毫三絲一忽五微，官地三十九頃七十八畝三分六厘三毫五絲八忽，民地一千二百三十四頃四十一畝一分九厘七絲三忽五微；未起科民地九百九十六頃一十九畝一分四厘七毫一絲。

人物

《圖經志書》：韓汝嘉，汝嘉，字公度。父昉，遼末狀元及第。後仕金，纍官至宰相。嘗作《武元聖德神功碑》。汝嘉，登皇統二年進士第，官至翰林侍讀學士，有詩名。

趙伯成，伯成，字子文。金明昌五年經賦兩科進士。爲人峭直，在大學日，人以趙骨鯁目之。纍遷侍御史，拜中丞、陝西西路轉運使、靖難軍節度使。有詩名。

〔注一〕「正大四年冬，薄游鳳翔」，《金史》卷一二三《馬肩龍傳》作「正大三年客鳳翔」。

〔注二〕「愛申」，原稿互乙，據《金史》卷一二三《馬龍傳》及同卷《愛申傳》改。

馬舜卿，舜卿，字肩龍，其先遼大族。舜卿在金太學時，有賦聲。宣宗初，人有告宗室從坦殺人者。從坦，當時賢將帥，處嫌疑之地，莫能之爲辯。舜卿上書白其冤。宣宗感悟，赦從坦，時論義之。後德順受圍，州將假舜卿鳳翔總管判官，凡守禦之方，一以委之。舜卿受攻百日，食盡乃陷，軍中募生致之，竟不知所終。詔贈配食褒忠廟。有詩，載《中州集》。《析津志》：舜卿，名肩龍，以字行，宛平人。先世遼大族，有知興中府者，故又號興中馬氏。祖大中，國初登科，節度全、錦兩州。父成誼，字宜之。張楫榜登科，京兆路統軍司判官。舜卿少在太學，亦有賦聲。宣宗初，人有告宗室從坦殺人。從坦子履道，一時賢將帥，處嫌疑之地，人以爲必死而不敢言其冤。舜卿以太學生上書，大略謂：「從坦有將相才，方今人物無有

出其右者。臣一介書生，無用於世，願代從坦死，留爲天子將兵。」書奏，詔問：「汝與從坦交分厚耶？」舜卿曰：「臣知有從坦，而從坦未識臣。從坦冤，人不敢言，臣以死保之。」宣宗感悟，赦從坦，授舜卿東平録事，委行臺試驗。宰相侯莘與之語，不契，留數月罷歸。將渡河，與排官紛競，篋中搜得軍馬糧料名數及利害事，因疑其奸人之偵伺者，繫歸德獄根勘。適從坦至，命出之。正大四年冬，薄游鳳翔。〔注一〕德順州將愛申以書召舜卿，〔注二〕舜卿欲往。鳳翔總管以敵兵勢盛張，吾城可恃，德順不可守，勸勿往。舜卿曰：「愛申生平未嘗識我，一見爲知己，我知德順不可守，我往必死。然以知己故，不得不死也。」乃舉行槖付族父明德爲死別，冒險而去。既至，不數日受圍。城中義兵七八千而已，州將假舜卿鳳翔總管府判官，守禦一一委之。凡受攻百日，食盡乃陷，軍中募生致之，不知所終，時年五十三。詔贈太師，配食褒忠廟。舜卿少時過裏垣題酒家一詩，詞氣豪放，時輩少有及者。又如云：「玉鞭再過長安道，人面依前似花好。殷勤勸我梨花春，要看尊前玉山倒。」舜卿詩句類此者多。

儲宥，宥，宛平人。金貞祐二年，元兵壓境，宣宗遣使奉宗室女岐國公主以請和，宥實在行，見元太祖於桓州。喜其材幹，留之弗遣，命典禦衣局。及宣宗從汴，諸將議焚燕城，宥白主帥木

華黎曰：「王者之師，本以除殘安民也。殺降尚古所忌，况欲盡焚之邪！」木華黎遽下令止之。

張九思，九思，字子有，燕宛平人。父滋，薊州節度使。至元二年，九思入備宿衛，裕皇居東宮，一見奇之，以父蔭當補外，特留不遣。江南既平，宋庫藏金帛輸内府，而分授東宮，置都總管府以主之，九思以工部尚書兼府事。十九年春，世祖尋幸上都，皇太子從，時丞相阿合馬留守。妖僧高和尚、千户王著等謀殺之，夜聚數百人爲儀衛，稱太子，入建德門，直趨東宮，傳令啓關甚遽。九思適值宿宮中，命至者不得擅啓關。賊知不可紿，循垣趨南門外，擊殺丞相阿合馬、左丞郝禎。時變起倉卒，且昏夜，衆莫知所爲，九思審其詐，率宿衛士并力擊賊，盡獲之。初討賊時，右衛指揮使顏進在行，中流矢而卒，怨家誣爲黨，將籍其孥，九思力辯之，得不坐。阿合馬既敗，和禮霍孫拜右丞相，中書庶務更新，省部用人，多所推薦。是年冬，立詹事院，以九思爲丞，遂舉名儒上黨宋道、保定劉因、〔注一〕曹南夾谷之奇、東平李謙，分任東宮官屬。後皇子薨，朝議欲罷詹事院，九思

〔注一〕「定」，原稿爲「道」，據《元史》卷一六九《張九思傳》改。

抗言曰：「皇孫宗社人心所屬，詹事所以輔成道德者也，奈何罷之！」衆以爲允。進拜中書左丞，兼詹事丞。後改詹事院爲徽政院，以九思爲副使，進資德大夫、中書左丞。會修世祖、裕宗《實録》，命九思兼領史事。尋拜榮禄大夫、中書平章政事，加大司徒，進階光禄大夫。

王倚，倚，字輔臣，其先東萊人。父永福，金末避地徙燕，爲宛平著姓，富雄閭里。倚爲人孝友樂易，重然諾。讀書務躬行，不專事章句。世祖選良家子入侍東宮，時倚年弱冠，在衆中儀觀獨偉，太保劉秉忠深器重之，即以充選。倚服勤

守恪，遂見信任。有詔皇太子裁决天下事。凡時政所急，民瘼所係，倚知無不言。是時，官職未備，而湯沐分邑，地廣事繁，當有統屬，乃拜倚工部尚書，行本位下隨路民匠都總管。至元二十一年，詔立東宮官屬，以倚爲家丞。又置諸用司，掌貨幣出納，令倚兼之。後以疾辭，仍給禄，以優養之。倚辭，上言：「不事事而苟竊禄食，臣心誠所未安。」不許。後皇孫出鎮懷孟，帝爲選老成練達舊臣護之，乃以屬倚。及陛辭，帝目之良久，謂

侍臣曰：「倚，修潔人也，左右皇孫，得人矣。」及行，營幕所在，軍政肅然。未幾，召還，授禮部尚書。卒，謚忠肅。

《元一統志》：趙攄，攄，字子充，宛平人，號醉全老人。《中州集》稱其詩名。《析津志》：詩有古人句意，如《早赴北宮詩》曰：「蒼龍雙闕鬱層雲，湖色粼粼柳色新。絕似江行看清曉，不知身是趁朝人。」一時稱許者甚衆。仕至臺省而逝。

忠節

《圖經志書》：朴賽因不花，不花，字德中，肅良合台氏，居宛平縣之發祥里。有膂力，善騎射。由速古兒赤授利器庫提點，再轉爲資政院判官，纍遷同知樞密院事，遷翰林學士，尋升承旨，賜虎符，兼西京巡軍合浦全羅等處軍民萬户都元帥，〔注一〕尋出爲嶺北行省右丞。至正二十四年，甘肅行省以孛羅帖木兒矯殺皇后、皇孫，〔注二〕且遣人來白事，平章也速達兒信之，即欲署榜以諭衆，朴賽因不花持不可曰：〔注三〕「此大事，何得輕信？況非符驗公文。」卒不署。既而果妄傳。又三轉，拜中書平章政事。歲戊申，大兵至壓境，朴賽因不花守禦順承門，其所領兵僅數百羸卒而已，乃嘆息謂左右曰：「國事至此，吾

〔注一〕「巡」，原稿爲「尋」，據《元史》卷一九六《朴賽因不花傳》改。

〔注二〕「兒」原稿脱文，據《元史》卷一九六《朴賽因不花傳》補。

〔注三〕「朴」，原稿脱文，據《元史》卷一九六《朴賽因不花傳》及上下文補。下一處「朴賽因不花」亦補「朴」字。

但知與此門同存亡爾。」及城陷被執，以見主將，惟請速死。主將命留營中，終不屈，殺之。

藥師奴，師奴，畏兀人也。元末由中政院宣使擢受宛平縣達魯花赤。爲人慷慨，有志節，能剸繁治劇。及大兵入城，官曹皆走匿，師奴曰：「我守臣也，敢逃死乎？」遂再拜，具公服自經而死。

貞婦

《圖經志書》：惠士玄妻王氏，大都人。至正十四年，士玄病革，王氏曰：「吾聞病者糞苦則愈。」乃嘗其糞，頗甘，王氏色愈憂。士玄囑王氏曰：「我病必不起，前妾所生子，汝善保護之。待此子稍長，即從汝自嫁矣。」王氏曰：「君何爲出此言耶！設有不諱，妾義當死，尚復有他說乎？君幸有兄嫂，此兒必不失所居。」數日，士玄卒。比葬，王氏遂居墓側，蓬首垢面，哀毀逾禮。常以妾子置左右，飲食寒暖惟恐不至。歲餘，妾子亦死，乃哭曰：「無復望矣。」因引刀自殺。家人驚救，得免。至終喪，親舊皆携酒禮祭士玄於墓。祭畢，衆方行酒，王氏已縊死於樹矣。